NOTA AL LECTOR
"Omu" (pronunciado A-mu) es la palabra para "reina" en igbo.

¡GRACIAS OMU!

OGE MORA

LITTLE, BROWN AND COMPANY
NEW YORK BOSTON

EN LA ESQUINA de la calle First y la calle Long, en el último piso de arriba, Omu estaba cocinando un guiso rojo espeso en una olla grandísima para una buena cena. Lo sazonó y lo agitó y tomó un pequeño sorbo.

—¡Qué delicioso guiso! —dijo Omu—. La cena de esta noche seguramente será la mejor que he tenido.

Con eso, Omu soltó su cuchara y se fue a leer un libro antes de cenar. Mientras el guiso rojo espeso hervía a fuego lento sobre la estufa, su exquisito aroma flotó por la ventana y por la puerta, bajó por el pasillo, hacia la calle y a la vuelta de la esquina, hasta que:

¡TOC!

Alguien estaba en la puerta.

Cuando Omu la abrió, vio a…

…un niño.

—¡NIÑO! —exclamó Omu—. ¿Qué lo trae a mi hogar?

—Estaba jugando con mi auto de carreras cuando olí el aroma más *delicioso* —respondió el niño—. ¿Qué es?

—Un guiso rojo espeso.

—¡MMMMM, UN GUISO!
—suspiró él—. Eso suena riquísimo.

Omu pensó por un momento. Estaba guardando su guiso para la cena, pero *había* hecho bastante. No haría daño compartir. —¿Te gustaría un poco?

El niño asintió.

Entonces, Omu le sirvió unas cucharadas del guiso rojo espeso de la olla grandísima para su buena cena.

—¡GRACIAS, OMU! —dijo el niño, y siguió su camino.

Con eso, Omu cerró la puerta y regresó a su libro. Mientras leía, el exquisito aroma de su guiso rojo espeso flotó por la ventana y por la puerta, bajó por el pasillo, hacia la calle y a la vuelta de la esquina, hasta que:

¡TOC!
¡TOC!

Alguien estaba en la puerta.

Cuando Omu abrió la puerta, esta vez vio a...

…una oficial de policía.

—**¡SRA. OFICIAL DE POLICÍA!** —exclamó Omu—. ¿Qué la trae a mi hogar?

—Estaba de servicio calle abajo cuando olí el aroma más *delicioso* —respondió la Sra. Oficial de Policía—. ¿Qué es?

—Un guiso rojo espeso.

—**¡AHHHH, UN GUISO!** —dijo ella, y su boca se hizo agua—. Eso suena sumamente sabroso.

Omu pensó por un momento. Todavía había suficiente para compartir. —¿Te gustaría un poco?

La oficial de policía asintió.

Una vez más, Omu sirvió unas cucharadas del guiso rojo espeso de la olla grandísima para su buena cena.

—¡GRACIAS, OMU! —dijo la oficial de policía, y siguió su camino.

Entonces, por la segunda vez, Omu cerró la puerta y regresó a su libro. Como era de esperar, mientras ella leía, el exquisito aroma de su guiso rojo espeso flotó por la ventana y por la puerta, bajó por el pasillo, hacia la calle y a la vuelta de la esquina, hasta que:

¡TOC TOC TOC!

De nuevo, había alguien en la puerta de Omu.
Esta vez cuando lo abrió, ella vio a…

…un vendedor de perros calientes.

—¡SR. VENDEDOR DE PERROS CALIENTES!
—exclamó Omu—. ¿Qué lo trae a mi hogar?

—Estaba vendiendo mis perros calientes más abajo en la cuadra cuando olí el aroma más *delicioso* —respondió el Sr. Vendedor de Perros Calientes—. ¿Qué es?

—Un guiso rojo espeso.

—¡OOOOO, UN GUISO! —el vendedor se relamió
los labios—. Eso suena muy delicioso.

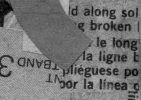

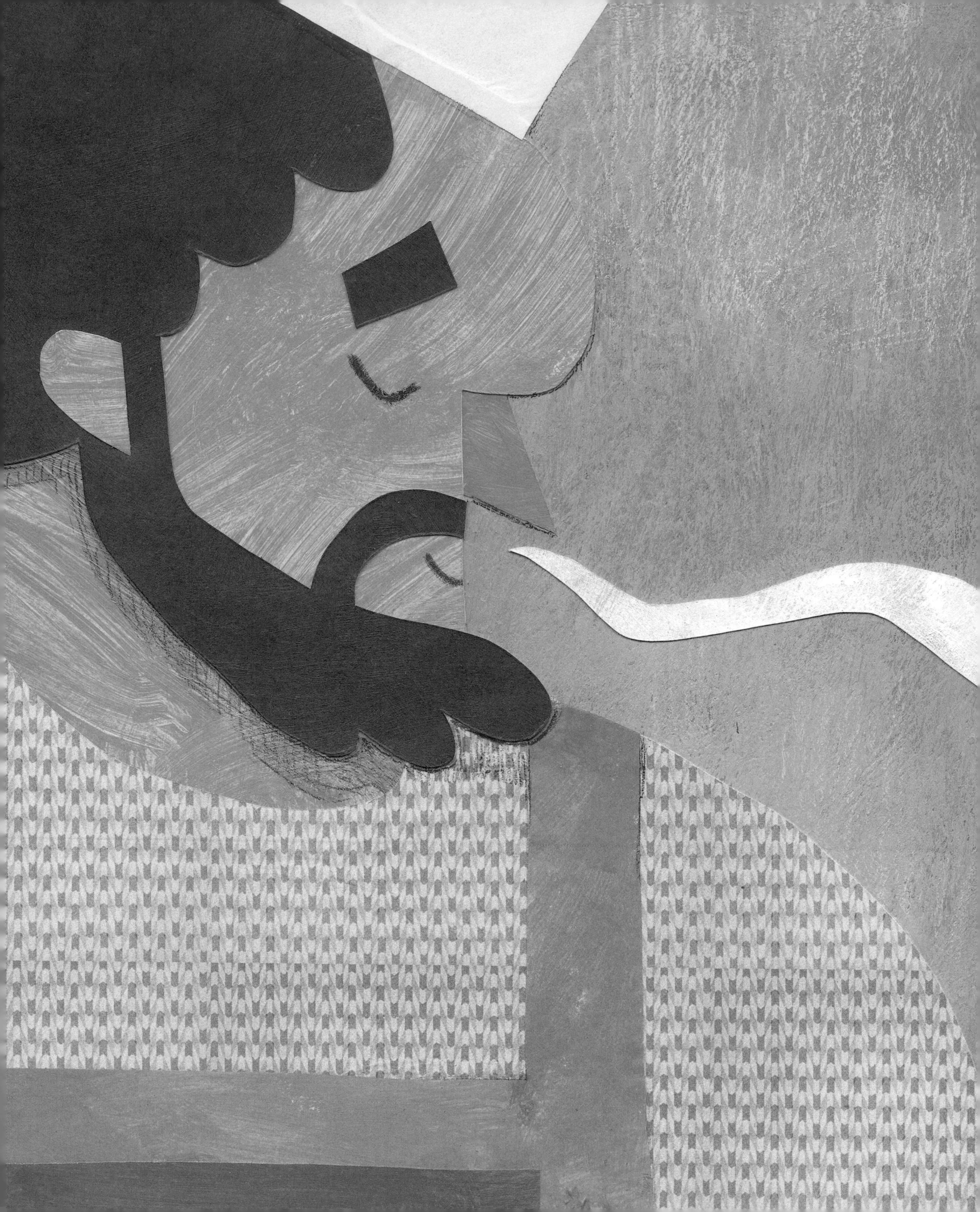

Entonces, Omu le sirvió unas cucharadas del guiso rojo espeso de la olla grandísima para su buena cena.

—¡GRACIAS, OMU! —dijo el vendedor de perros calientes, y siguió su camino.

A lo largo del día, gente de todas partes del vecindario tocaron la puerta de Omu. Ella le dio de comer al dueño de una tienda, a un taxista, a una doctora, a un actor, a un abogado, a una bailarina, a una panadera, a un artista, a un cantante, a un atleta, a una conductora de autobús, a un trabajador de la construcción….

¡Hasta la alcaldesa la visitó!

Y cada vez que tocaban, Omu compartía.

Pronto, el cielo se oscureció, las farolas se iluminaron y finalmente llegó la hora de la cena.

Pero cuando Omu abrió su olla grandísima para servirse del guiso rojo espeso para su buena cena…

...ESTABA VACÍA.

Omu sollozó. —¡Ahí va la mejor cena que he tenido! —. Apenada y triste, se sentó a su mesa con la olla vacía, hasta que:

¡TOC! ¡TOC!
¡TOC! ¡TOC!
¡TOC! ¡TOC!
¡TOC!

«¿Quién podría ser?», se preguntó Omu. Cuando abrió la puerta, ella vio a…

…¿un niño? ¿La oficial de policía? ¿El vendedor de perros calientes? El dueño de una tienda, el taxista, la doctora, el actor, el abogado, la bailarina, la panadera …¡pero si todos a los que les había dado de comer hoy estaban en su puerta!

—¡Lo siento mucho! —suspiró Omu—. Ya se acabó mi guiso rojo espeso. No me queda nada para compartir.

El niño tiró de la manga de Omu. —No te preocupes, Omu. No estamos aquí para pedir…

ESTAMOS AQUÍ PARA DAR.

La oficial de policía llevaba una ensalada fresca. La alcaldesa
entró con un pollo asado. La panadera trajo una colección de
dulces golosinas. Hasta el niño le presentó a Omu algo especial
dentro de un sobre rojo brillante.

Todos los que habían tocado a la puerta de Omu ese día se apretujaron dentro de su pequeño apartamento, y juntos comieron, bailaron y celebraron. Aunque su olla grandísima de guiso rojo espeso estaba vacía, el corazón de Omu estaba lleno de felicidad y amor.

Esa fue la mejor cena que había tenido.

NOTA DE LA AUTORA

En igbo, el idioma nigeriano de mis padres, "omu" significa "reina". Sin embargo, para mi, en mi infancia, significaba "abuela".

Cuando mi abuela cocinaba, bailaba y movía sus caderas al son de la radio mientras agitaba lo que a menudo era una olla grande de guiso. Por la noche, mi familia se reunía en la mesa de comedor para cenar juntos la comida que ella nos había preparado. Si un vecino estaba de visita, ella lo invitaba a cenar. Si una amiga había pasado por el apartamento, ella la invitaba a cenar. Todos en la comunidad tenían un asiento en la mesa de mi abuela.

Aunque mi abuela ya ha fallecido, su corazón generoso ha quedado conmigo. Lo veo en mi madre, mi madrina, mis maestras, mis mentoras y las otras innumerables mujeres poderosas que han dado forma a mi vida.

Este libro es una celebración de su espíritu amoroso y generoso.

¡Gracias!

SOBRE ESTE LIBRO

Los collages en este libro fueron creados con pintura acrílica, marcadores de porcelana, pasteles, papel estampado y recortes de libros antiguos. Este libro fue editado por Andrea Spooner con dirección artística por Sasha Illingworth con Angela Taldone. La producción fue supervisada por Erika Schwartz, y la editora de producción fue Jen Graham. El texto se compuso utilizando el programa Adobe Caslon Pro, y el tipo publicitario es PaperCute.

This title won the 2019 Coretta Scott King–John Steptoe and Caldecott Honor Medals for the U.S. edition published by Little, Brown and Company, a division of Hachette Book Group, Inc., in 2018.

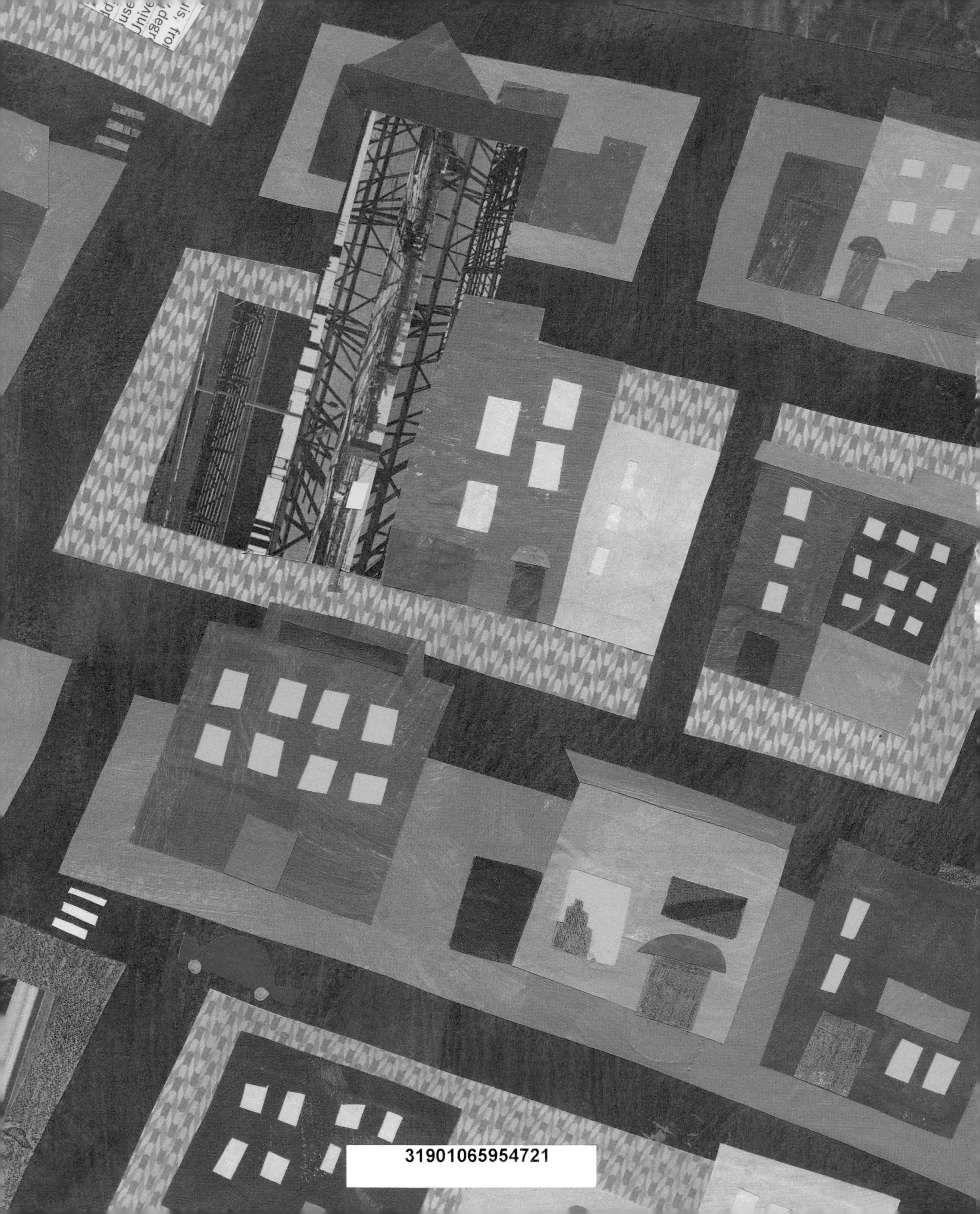